MILLE VERS

Par ARGUS

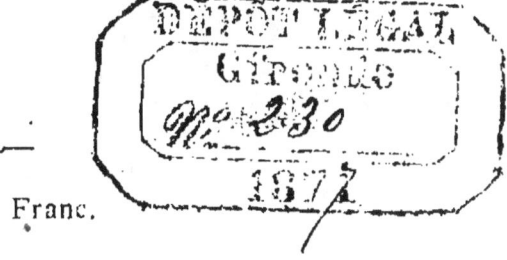

Prix : UN Franc.

BORDEAUX

MARCELIN LACOSTE, LIBRAIRE-ÉDITEUR
82-84, rue Sainte-Catherine (place St-Projet)

—

1877

1000 VERS

TABLE DES MATIÈRES

—————

I. RIMAILLERIES.

II. CONTES.

1000 VERS

PAR

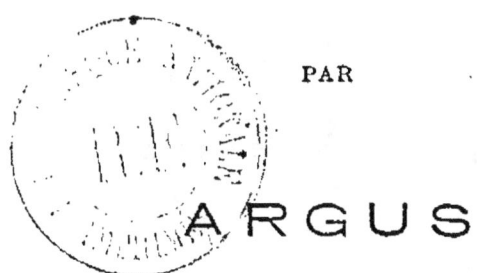

ARGUS

~~~~~~~~~~

BORDEAUX

MARCELIN LACOSTE, LIBRAIRE-ÉDITEUR

82-84, rue Sainte-Catherine (place St-Projet)

—

1877

A mon bon camarade

Camille PELLETREAU

Témoignage d'amitié sincère.

Si ces vers, que je te dédie,
Passent à la postérité,
Si, comme telle est mon envie,
Ce livre est beaucoup acheté,

Je te dirai : « Viens, je t'en prie,
Prendre ta place à mon côté :
Nous avons partagé la vie,
Partageons l'immortalité ! »

Mais, par malheur, il est à craindre
Que le marchand — je l'entends geindre !
Ne garde ces bouquins toujours...

Lors nous en rirons, — que t'en semble
Et nous vous relirons ensemble,
Doux souvenirs des mauvais jours !

RIMAILLERIES

Révasserie.

RÊVASSERIE

A une Danseuse.

Hier je m'ennuyais, tout seul dans cette chambre
Que des amis bruyants venaient de déserter ;
Je regardais le ciel, un ciel gris de décembre,
Que le soleil toujours est pressé de quitter.

Pour me distraire un peu, je me creusais la tête,
Quand d'un caprice fou mon esprit fut coiffé :
Si je faisais des vers ! C'est un plaisir honnête,
Et ça vaut toujours mieux que d'aller au café !

Comme je ruminais cette baroque envie,
Sur du papier très blanc ma plume se posa ;
Lors je traçai ton nom, ma petite Marie,
Et voilà qu'aussitôt mon ennui s'apaisa.

Pourquoi ce changement? Ne pourrais-tu me dire
Quel charme mon esprit trouve à penser à toi,
Et pourquoi je ne puis te voir sans un sourire,
Joli démon grincheux, qui n'est pas tout à moi?

Dis-moi pourquoi ton nom, quand le chagrin m'oppresse,
Change mon rêve sombre en rêve gracieux,
Dis-moi pourquoi mon cœur voit fondre sa tristesse
Au rayon de gaîté qui tombe de tes yeux.

Ce n'est pas qu'aveuglé sur ton amour, ma belle,
J'imagine être aimé pour moi-même... oh ! la la !
Comme l'oiseau nomade, en secouant son aile,
Depuis pas mal de temps, cette erreur s'envola.

Oui, je sais que pour toi l'amour est une ébauche
Que ne termine pas ta paresseuse main,
Et que ton cœur, sans cesse, impunément s'accroche,
Sans laisser de lambeaux aux buissons du chemin.

Dans ta profession, je le sais, ma petite,
Le cœur est moins utile, au fond, que le mollet.
Et si parfois le soir ton corsage palpite,
C'est qu'on t'a fait danser trop fort dans le ballet.

Pourtant, je t'aime ainsi, peu sensible et coquette :
Partager son bonheur est un devoir chrétien,
Nous sommes deux... au moins, à manger la galette,
Mais dois-je pour cela laisser ma part au chien ?...

L'amour, vois-tu, mignonne, est près de la folie ;
Je riais, ai-je dit, en commençant ces vers,
Voilà que j'ai fini, ma petite Marie,
Et qu'en les relisant, j'y vois tout de travers !

C'est qu'il faut séparer l'amoureux du poëte,
Que je ne sens, hélas! rien de ce que j'ai dit;
On aime avec le cœur, on pense avec la tête,
L'âme n'a rien à voir dans ces jeux de l'esprit!

De mes yeux, tout d'un coup, une larme est tombée,
Comme je souriais, orgueilleux et vantard...
Voilà ma fausse joie à présent succombée,
Et je vais être franc... n'est-ce pas un peu tard?

Oui, je mentais, c'est vrai... ne le dis à personne!
On peut, étant navré, prendre un accent vainqueur;
On peut rire et pleurer en même temps, mignonne,
Le rire vient du ventre, et la larme, du cœur.

Roses Blanches.

ROSES BLANCHES

La fleur que sur ton sein tu portes, mon idole,
Au baisers du soleil s'ouvre comme en tremblant,
Et Phœbus, d'un rayon caressant sa corolle,
Verse un philtre d'amour dans son calice blanc.

As-tu bien respiré son parfum, chère belle...?
Moi, je m'en suis grisé, mignonne, avec bonheur ;
Mais si l'amour entra dans ma pauvre cervelle,
Est-ce bien, réponds-moi, la faute de la fleur ?

Tu dis que cet amour, ainsi que toutes choses,
S'enfuira quelque jour, par le vent emporté,
Lorsque le temps cruel, qui fait ternir les roses,
Aura, comme une fleur, fait ternir ta beauté.

Tu te trompes, mignonne, une chaine éternelle
En dépit des saisons, nous attache tous deux,
On dédaigne la fleur, quand elle n'est plus belle,
Mais j'admire la rose et j'adore tes yeux.

Camélias.

CAMÉLIAS

Ce sont des fleurs d'hiver, les premières écloses,
Mignonne, car l'été va nous quitter demain :
C'est aux camélias à remplacer les roses
    Que j'aimais à voir sur ton sein :

Il faut se résigner : la rose était brillante,
Mais son éclat jamais n'a duré plus d'un jour.
Et d'ailleurs une fleur sans parfum, ma charmante,
    Va mieux près d'un cœur sans amour !

Comme ils seront bien là, serrés sur ta poitrine,
Où plus d'un, les voyant avec des yeux jaloux,
Dira : « S'il croît des fleurs si belles, j'imagine
    Qu'il doit faire chaud... là-dessous ! »

Là-dessous, il fait froid ! Et pourtant je parie
Que si je m'approchais pour baiser tes beaux yeux,
Mon cœur battrait si fort près du tien, ma chérie,
    Qu'on croirait qu'ils battent tous deux.

Sans le vouloir.

Chanson sans musique.

SANS LE VOULOIR

I

Je ne le voulais pas, vous le savez, madame,
Et quand je vins chez vous, l'autre soir, un peu tard,
Je jure qu'on pouvait jusqu'au fond de mon âme,
Sans me faire rougir, plonger un clair regard ;
Mais, ne deviez-vous pas, répondez, sans scrupules,
Me faire refuser votre porte... à minuit ?
Est-ce ma faute, à moi, si toutes vos pendules
Dédaignent de courir après l'heure qui fuit ?

Ah ! lorsqu'on est près d'une femme
Charmante, ainsi que vous, madame,
Non, vous ne pouvez pas savoir
Tout ce qu'on fait .. sans le vouloir !...

II

Je ne le voulais pas. Quand, votre main mignonne
S'appuya sur ma main, je me pris à trembler
Comme le peuplier au tronc noueux frissonne,
Quand la brise du soir vient à le secouer.
Et je voulus fixer mes yeux sur autre chose,
Mes yeux...qu'un pied mignon vint charmer à son tour ;
Est-ce ma faute, à moi, si votre jambe est rose ?
Est-ce ma faute, à moi, si vos bas sont à jour ?

Ah ! lorsqu'on est près d'une femme
Charmante, ainsi que vous, madame,
Non, vous ne pouvez pas savoir
Tout ce qu'on fait... sans le vouloir !

III

Je ne le voulais pas, et votre voix candide
Me dit : « Asseyez-vous ici, tout près de moi ! »
Que faire ? A vos côtés une place était vide,
Sur le souple divan... jugez de mon émoi,
Tous mes sens frémissaient... je m'assis, mais de grâce,
Madame, est-ce ma faute, et l'ai-je fait exprès,
Que sur votre divan l'on ait si peu de place,
Que, pour y tenir deux, il faille être... si près !

Ah ! lorsqu'on est près d'une femme
Charmante, ainsi que vous, madame,
Non, vous ne pouvez pas savoir
Tout ce qu'on fait... sans le vouloir !

DEDANS

Mignonne, écoute moi, je t'aime ;
Les brouillards au dehors sont lourds,
Tirons, pour cacher ce jour blême,
Tes épais rideaux de velours.

Contre le vent qui les assiége,
Les arbres luttent en tremblant,
Et dans les champs, la pâle neige
Etend là-bas son voile blanc.

2

Assis à tes genoux, ma belle,
Oh! comme il est doux de causer,
Quand du feu jaillit l'étincelle
Et de ta lèvre le baiser.

Vois, on dirait que ta main tremble,
Et le froid fait claquer tes dents :
Serrons-nous.... quand on est ensemble,
N'est-ce pas qu'il fait bon dedans ?

DEHORS

Je t'aime ! écoute-moi, mignonne,
L'air au dehors est embaumé ;
La nature entière frissonne
Au rayon du soleil de mai.

Le ciel est pur, la violette
S'entr'ouvre aux baisers du soleil ;
L'oiseau par une chansonnette
Annonce gaîment son réveil.

Viens, l'herbe fraîche est arrosée :
Tu verras, de tes jolis yeux,
Dans chaque goutte de rosée
Se refléter un coin des cieux.

Sortons, mignonne, que t'en semble?
Pour aimer, nous serons plus forts,
Quand on s'aime et qu'on est ensemble,
N'est-ce pas qu'il fait bon dehors?

De Profundis.

DE PROFUNDIS

Plus d'amour entre nous, c'est convenu, mignonne,
Je l'ai dit, tu me l'as bien vite répété,
' Et devant cet arrêt, pour jamais j'abandonne
Ce nom de ton amant, que j'ai tant souhaité.
Nos jours étaient bien doux pourtant, je puis le dire,
Quand j'étais près de toi, le temps passait bien court...
A ces gais souvenirs, si l'on me voit sourire,
C'est du plaisir, mignonne, et non plus de l'amour.

Plus d'amour entre nous, c'est entendu, ma chère,
Je t'aimais bien pourtant, et j'étais bien joyeux,
Quand assis, à tes pieds, je ranimais naguère
Le feu de ma tendresse au rayon de tes yeux,
O beaux jours disparus! ô roses effeuillées,
Que le temps dans son vol emporte sans retour,
Si j'ai, pensant à vous, les paupières mouillées,
C'est du regret, mignonne, et non pas de l'amour.

O femme, dans ton cœur comme tout s'use et passe!
Tu n'as, en me voyant, qu'un sourire moqueur,
Ma lèvre sur ta lèvre a laissé plus de traces
Que mon amour, hélas ! n'en laissa dans ton cœur.
Je suis moins fort : j'ai là ton portrait, que je garde,
Si chaque baiser pèse, il doit être bien lourd...
Pour te revoir encor, parfois je le regarde,
Mais c'est du souvenir, et non plus de l'amour.

Hier je te contemplais, souriante et ravie,
Je voulus te parler, mais mon cœur défaillit :
Un amour envolé, c'est une maladie,
On n'en meurt pas, vois-tu, mais comme ça vieillit !
Je suis jaloux, je pleure, et te voyant si belle
Je te voudrais encor, fût-ce pour un seul jour...
Ce sentiment, sais-tu le nom dont on l'appelle ?
Si tu le sais, dis-moi que ce n'est pas l'amour !

Triolets.

TRIOLETS

Nous allions à la ferme un jour,
Par le sentier, avec Lisette.
Sa taille invitait à l'amour...
Nous allions à la ferme un jour.
Mon bras pressait le doux contour
De cette taille rondelette...
Nous allions à la ferme un jour,
Par le sentier, avec Lisette.

Cueillons cette modeste fleur,
Dis-je à la gentille fillette ;
(Et je sentais battre mon cœur)
Cueillons cette modeste fleur...
Mais en nous baisssant, ô bonheur !
Je dérangeai sa gorgerette.
Cueillons cette modeste fleur,
Dis-je à la gentille fillette.

Et la fleur glissa dans son sein,
Et je vis rougir la pauvrette,
Car pour la rattrapper, ma main...
Et la fleur glissa dans son sein.
Pour accomplir un doux larcin,
Ma main... suivit la pâquerette.
Et la fleur glissa dans son sein,
Et je vis rougir la pauvrette.

Pourquoi rougir ? Qui le saura ?
Oh ! restons ass's sur l'herbette,
Cette fleur point ne parlera,
Pourquoi rougir ? Qui le saura ?
Un seul baiser la rassura,
Et tout bas répéta Lisette :
« Pourquoi rougir ? qui le saura ?
Bah ! restons assis sur l'herbette. »

Depuis ce jour, je vais souvent
Au même endroit avec Lisette,
Et chaque fois en arrivant,
Depuis ce jour j'y vais souvent,
La belle fort complaisamment
Comprend ma prière muette ;
Depuis ce jour, je vais souvent
Par le sentier, avec Lisette.

I.

PLATONISME.

Lorsque près de toi je soupire,
Quand je nage dans l'idéal,
Quand sur tes lèvres je respire
Un souffle pur et virginal.

Pourquoi ce libertin sourire
Qui m'invite à l'amour banal ?
Pourquoi ces yeux qui semblent dire :
—« Mais va donc, va donc, animal ! »

Oh ! je voudrais te voir pâmée,
Et te donner, ma bien aimée,
Du plaisir à satiété ;

Mais je t'aime tant, que je n'ose :
Comme on craint d'effeuiller la rose,
J'ai peur d'effeuiller ta beauté !

II.

AUTRE GUITARE.

Viens, ne te montre pas farouche,
Mignonne, mes baisers sont prêts,
Sans frayeur approche ta bouche,
Va, va ! tu rougiras... après.

C'est l'heure où la pudeur se couche
Et s'endort — quitte tes apprêts ;
Ne veux-tu pas que ma main touche
Ces charmes que Dieu fit exprès ?

Par quelqu'invention piquante,
Doublons nos plaisirs, ma charmante,
Et varions-les avec soin :

Crois-moi, l'amante d'un poète
N'a point un amour froid et bête
Comme l'épicière du coin.

Le Cheveu blanc.

LE CHEVEU BLANC

Hier, assis près de vous, bien loin des yeux du monde,
En voulant de plus près contempler mon trésor,
Je vis un cheveu blanc dans une boucle blonde,
Ainsi qu'un fil d'argent dans une trame d'or.

Je le saisis, avec une peine infinie,
Car il cherchait à fuir, à se faire oublier,
Et je vous le montrai, souriant, ma chérie,
Vous n'avez pas rougi... c'était bien le premier !

Oui, c'était le premier, cas vous fûtes rêveuse,
Car de tristes pensers vinrent vous assaillir,
Et le soir, contre moi vous vous serriez, peureuse,
En murmurant: « J'ai peur, oh ! j'ai peur de vieillir ! »

Toi, vieillir ! toi, toucher à ce moment suprême
Où l'on sent que la mort s'avance pas à pas !
Non, tu ne peux vieillir ; j'ai vingt ans et je t'aime :
Quand la femme est aimée, elle ne vieillit pas !

Quoi ! pour un cheveu blanc, un vestige, je gage,
De quelque nuit d'amour où nous fûmes trop fous,
Tu trembles de toucher au terme du voyage,
Alors que le chemin te semble encor si doux !

Prenez votre miroir, regardez-vous, ma chère ;
Je ne vous vis jamais plus belle, sur ma foi !
Lorsque ce front si pur semble vous dire : « Espère ! »
Qu'importe qu'un cheveu murmure: « Souviens-toi ! »

A une nommée Blanche.

A UNE NOMMÉE BLANCHE

Nos amours furent éphémères,
En deux jours tout fut terminé ;
Comment ? pourquoi ? Cruels mystères
Mon esprit n'a rien deviné.

L'autre jour pourtant, il me semble,
— Je m'en souviens avec émoi, —
Belle, nous passâmes ensemble
Une nuit *blanche*... comme toi !

Cette nuit — un maudit scrupule
Me fait ici parler tout bas —
Je fus la moitié d'un'Hercule,
Et cela ne te suffit pas !

Il te faut un amour plus tendre,
Tu veux un être langoureux
Qui nuit et jour te fasse entendre
Tremblant, son langage amoureux.

Oh ! tu fis bien alors, ma chère,
De prestement me planter là,
Car je n'aurais pas pu me faire
A t'adorer comme cela.

Car moi je t'aimais, mignonnette,
Je t'aimais... comment dire ?... Enfin
Comme on aime une côtelette
Pour la croquer quand on a faim...

Je pars; mon regret est sincère,
Mais je ne suis pas trop jaloux...
Un autre égouttera ce verre
Ou j'ai bu quelques jolis coups.

Adieu, chacun, comme chacune,
Est libre de son sentiment,
Et demain je vais, sans rancune,
Chercher un autre... appartement.

Entre deux absinthes.

3

ENTRE DEUX ABSINTHES.

Je l'aimais comme un fou. Son image chérie
Remplissait à la fois et ma tête, et mon cœur ;
Elle était ma beauté, mon idéal, ma vie,
Et j'étais effrayé, parfois, de mon bonheur !
Mais hier, sans regret, fuyant à tire d'aile,
Son cœur capricieux a volé loin du mien :
Dieu ! je n'y croyais pas ! mais je croyais en elle...
C'est fini maintenant, je ne crois plus à rien.

Espoir, oiseau divin que le cœur emprisonne,
Toi que j'ai vu partir, envolé pour jamais,
Tu reviens quelquefois, et ta voix qui résonne
Me parle doucement de celle que j'aimais;
Pourquoi, pourquoi venir aux barreaux de ta cage
Sans qu'on t'ait rappelé, froisser ton aile d'or?
Va, fuis.,. et garde-toi d'insister davantage :
Il me serait trop dur de te chasser encor !

Espérer! à quoi bon se nourrir de mensonges?
C'est fini, bien fini... car d'un mot, l'autre jour,
Sa voix a pour jamais dissipé mes doux songes
De bonheur sans limite et d'éternel amour.
O déesse aux yeux verts, Absinthe, cher breuvage,
Toi dont l'ivresse est douce aux cœurs désespérés,
Mes regards vont chercher,— trop séduisant mirage—
Un reflet de ses yeux jusqu'en tes flots nacrés.

Toi qu'on ose accuser de verser la folie,
Comme si la raison, vraiment, était un bien,
Je veux qu'avant ce soir ton ivresse bénie
Entre l'amour et moi brise le dernier lien...
Je sens ma main trembler, et mon regard s'embrase...
Oui, qu'à peine vidé, le verre soit rempli ;
Dans ce nouveau Léthé je plonge avec extase :
A défaut de l'espoir, viens me verser l'oubli !

Oublier, oublier ! à ce mot, comme en songe,
Tous mes beaux jours passés reviennent à la fois.
Je vois fuir un instant le chagrin qui me ronge,
Et je crois ressaisir mon bonheur d'autrefois !
Oublier ces moments d'un plaisir sans nuage,
Et ces mots qu'à genoux je lui disais tout bas...
Fermons le livre, soit ! mais déchirer la page
Où j'ai tracé son nom ! je ne le pourrais pas !

Fantôme souriant des amours disparues,
Reviens, lorsque mes yeux succombent au sommeil,
Jeter, au souvenir des délices perdues,
Dans la nuit de mon âme un rayon de soleil ;
Et si tu vas parfois visiter l'infidèle,
Parle-lui, parle-lui du temps de nos amours.
Dis-lui que je l'aimais, dis-lui qu'elle était belle... !
Surtout ne lui dis pas que je l'aime toujours !

Baiser volé.

BAISER VOLÉ

SONNET.

———

Hier, en m'approchant de ce lit où repose
Sur de souples coussins votre corps gracieux,
Je me penchai sur vous, mignonne, mais je n'ose
Redire ici combien je fus audacieux.

Le sommeil s'enfuyait, comme fuit toute chose,
Et l'ange de la nuit, au vol silencieux,
De son aile effleurant votre bouche mi-close,
Y traçait un sourire, et s'envolait aux cieux.

Je crus voir un baiser sur ta lèvre rosée,
Comme on voit au matin la goutte de rosée
Trembler, étincelante, au bord de chaque fleur...

Je n'y tins plus, ma bouche, à tes ordres rebelle,
A ce foyer d'amour ravit une étincelle...
Et tu te réveillas, en m'appelant voleur!

Bonne fortune.

BONNE FORTUNE

Épris de votre personne,
Quand je vous ouvris mon cœur,
Vous me reçûtes, mignonne,
Avec un rire moqueur.

Comme vous étiez jolie,
Quand pour me faire plaisir,
Nous allâmes — ô folie ! —
Promener à Mondésir !

C'était au printemps, ma belle,
En ce moment folichon
Où la femme est moins cruelle,
Où l'homme est moins cornichon.

La lune, de lueurs blanches,
Eclairait l'ombre des nuits;
On gazouillait dans les branches,
On roucoulait dans les nids.

A ce doux concert, nos âmes
Prirent la soif du désir,
Et quand chez vous nous rentrâmes,
Je ne voulus plus sortir.

Vous ne fûtes point barbare,
Et ce soir-là, dans vos bras,
J'obtins ce bonheur bizarre
Dont on doit parler tout bas,

Plaisir charmant, doux mystère,
Qui seul peut faire oublier
Aux humains le ciel, la terre,
Voire même un créancier !

Mais, ainsi que toute chose,
Finit ce petit jeu-là,
Et de votre bouche rose
Ma bouche se recula...

J'étais étendu, sans grâce,
Près de vous, les yeux cernés :
Une mignonne grimace
Plissa votre petit nez.

Et sans compliments mièvres,
Ces quelques mots par trop francs
S'échappèrent de vos lèvres :
— « En voilà pour tes vingt francs ! »

Remember !

REMEMBER !

Mignonne, que de fois, aux bois pleins de mystère,
Quand nous laissions errer nos pas capricieux,
Nous nous sommes trouvés, sans songer à mal faire,
Ma lèvre sur ta lèvre, et mes yeux dans tes yeux !

Nous étions deux enfants alors, notre tendresse
Pure par ignorance et non par chasteté,
Reste en mon souvenir, seul parfum de jeunesse
Que n'ait pas dissipé le vent de volupté.

Mais toi, t'en souvient-il?... J'en avais l'espérance :
Hier, nous étions seuls, je me pris à songer
Que dans ces bois, témoins de nos amours d'enfance,
La solitude à deux n'était pas sans danger.

Vain espoir : Ta vertu... votre vertu, Madame,
A fait évanouir mon rêve trop charmant ;
Hélas ! pourquoi faut-il aujourd'hui que votre âme
En apprenant l'amour, ait oublié l'amant?

Quand elle n'est plus là.

QUAND ELLE N'EST PLUS LA!

———

Quand ont fui les heures bénies
Que nous passons tous deux là-bas,
Quand les voluptés sont finies,
Quand s'éteint le bruit de tes pas,
Sais-tu, mignonne, à quoi je pense,
Quand, autour de moi, tout pensif,
Il ne reste de ta présence
Qu'un parfum vague et fugitif?

Quand la nuit à l'aile glacée,
Sombre, étend son voile de mort,
Quand je plonge dans ma pensée
Sûr de t'y retrouver encor,
Ton souvenir revient, mignonne,
Et ton image, douce à voir,
Caresse mon front qui frissonne
Comme le papillon du soir.

O mignonne, je te regrette,
Comme l'on regrette, au réveil,
Le songe qu'on avait en tête
Avant de sortir du sommeil.
Et dans le lit, où je m'élance,
Je cherche, inquiet, éperdu,
Si tu n'as pas laissé, par chance,
Dans les draps un baiser perdu !

Souvenirs.

SOUVENIRS

Forsan et hæc olim meminisse juvabit.

———

Quand le dégout, amer breuvage,
Inonde mon cœur oppressé,
Mon œil se ferme, un doux mirage
Me fait vivre dans le passé :

Je vous revois, ô tous mes songes,
O ma jeune naïveté,
Serments d'amour, heureux mensonges
Plus beaux que la réalité !

O souvenirs, qu'un vent emporte
Comme fuit la feuille des bois,
Je veux, avant d'ouvrir ma porte,
Vous voir une dernière fois.

L'oubli chaque jour vous dévore,
Mon âme est vide à faire peur,
Mais je veux, une fois encore,
Fouiller les cendres de mon cœur !

O beautés que j'ai tant aimées,
Fantômes des vieilles amours,
Un instant venez, ranimées,
Me rappeler les anciens jours...

Las ! de tant de têtes jolies,
Plus d'un portrait est oublié;
Pourtant j'ai leurs photographies
Dans un album mal relié.

Regardons... Mon Dieu ! qu'elle est belle !
Je devais l'aimer comme un fou ;
Je vécus six mois avec elle,
Bien heureux... je ne sais plus où !

Celle-ci, pour une caresse,
M'eût fait affronter le trépas...
Je l'eus quinze jours pour maîtresse
Son nom... je ne m'en souviens pas !

L'autre, au creuset de ses caprices,
A fondu mon or quelques mois...
Mes amis, quels mois de délices !
C'était une brune... je crois !...

Hélas ! en vain mon doigt feuillette,
Dans le passé je plonge en vain,
Toujours l'image est incomplète :
L'oubli va l'effacer demain.

Pourtant, si mon âme lassée
N'a plus la flamme d'autrefois,
Une étincelle délaissée
Souvent se ranime à ma voix.

Et, comme après un long orage,
L'on aime à voir, dans les prés verts,
Se balancer la fleur sauvage,
Aux derniers caprices des airs,

Dressant sa corolle embaumée,
Fier pavillon, au bout du mât
De sa tige encor ébranlée
Par l'ardeur du récent combat,

J'aime à voir, image effacée
D'un temps qui ne peut revenir,
Sur la tige de ma pensée,
Trembler la fleur du souvenir !

CONTES.

I

LE CIGARE

Au beau pays qu'arrose la Garonne,
Vivait jadis une jeune beauté
A qui sa mère, estimable matrone,
Toujours prêchait décence et chasteté.
Jusqu'à seize ans, en effet, notre belle
Avait gardé — rare et bien grand bonheur ! —
Sans l'effeuiller, cette fragile fleur
Dont le bon Dieu dote la jouvencelle.
Fleur de vertu, qu'avec griffes et dent
L'on doit défendre, et qu'on devrait maudire :
En la gardant quelquefois on soupire,
Et bien souvent on pleure en la perdant !

4

Notre héroïne était donc ingénue
Et, sa maman la tenant par la main,
Sans trébucher ni broncher en chemin,
De l'innocence elle suivait la rue;
Jusqu'à seize ans ! direz-vous, — pourquoi non ?
C'est — je l'ai dit — une vieille anecdote,
Car de nos jours la fille la plus sotte
Au mal d'amour sait trouver antidote,
Dès quatorze ans... à moins d'être guenon.
Même en ce temps c'était dur, et la preuve,
C'est que la mère — une femme d'esprit —
Ne voulut pas plus loin pousser l'épreuve
Et de sa main un époux lui choisit.
Elle le prit jeune et beau — choix fort sage,
Sachant fort bien que, dans tout mariage,
Chez les puissants comme chez les petits,
        La vérité gît dans l'adage
Qu'il faut avoir des époux assortis.

Je dois vous dire encor que la commère
Avait un vieux mari qui la chagrinait fort,
Elle était l'idéal en fait de belle mère :
        Mère déjà, mais belle encor !
Le jour de l'hyménée, à sa fille novice
Elle dit : « Mon enfant, sache bien que toujours
Ton mari doit céder à ton moindre caprice,
        C'est la grande loi des amours.
Ne le ménage pas. — Surtout qu'il te vénère,
Qu'il ne prenne jamais ses aises avec toi,
        Par exemple, jamais ton père
        N'oserait fumer devant moi. »
        La fille, au naturel docile,
        Ecouta le discours susdit
        Comme parole d'Evangile,
        Jurant de le mettre à profit.
        Un mois après, dans leur retraite,
        Nos époux vivaient sans tracas,

Quand Luce aperçut, inquiète,
Un énorme cigare aux lèvres de Lucas.
— Quoi ! vous fumez ? — Eh ! pourquoi non ! ma chère ?
Un cigare par jour, est-ce un crime si noir ?
　　— Crime ou non, je veux recevoir
　Promesse de ne le plus faire.
　　— Et pourquoi donc ? — Mère m'a dit
　Que c'est peu respecter sa femme.
　　— Votre mère a perdu l'esprit ! —
　　— Non monsieur ! tenez, c'est infâme !
　Tous vos discours sont superflus,
　Si vous m'aimez, ne fumez plus !
　A ces mots, l'époux en colère
　Voulut lutter, mais il se ravisa,
Et, gardant une dent contre sa belle-mère,
Pour ne pas irriter son épouse, il rusa.
Le soir vint sans que l'ombre d'un cigare
Eût fait entre ses dents une apparition,

Et la femme put voir, avec émotion,
Son époux obéir à cet ordre barbare.
Mais la nuit arrivée et le couple enfermé,
Avec un grand salut Lucas prit congé d'elle,
Et la nuit qui suivit, à son cœur peu charmé,
Ne rappela que trop ses nuits de demoiselle.
Le lendemain, avec un grand soupir :
— Quoi ! votre amour est-il mort, lui dit-elle,
Suis-je plus votre femme, ou ne suis-je plus belle,
    Que vous semblez déjà me fuir ?
— Ma chère enfant, dit cet époux fort sage,
    Au fond, je vous aime toujours,
    Mais tristes seront nos amours,
    Il faut vous armer de courage :
    Je vous aime comme je peux ;
    Ne soyez pas trop alarmée,
    Mais je ne puis avoir de feu
    Sans avoir un peu de fumée ! »

L'épouse comprit-elle, ou crut-elle vraiment
Que le tabac avait cette vertu suprême ?
Je n'en sais rien, mais le lendemain même
   L'époux put fumer librement.
Or, un jour que la mère, à ses côtés assise
A sa fille parlait tout bas de son bonheur ;
   Elle l'entendit — ô surprise ! —
Dire soudain à sa servante Elise :
   — Vous donnerez un cigare à Monsieur !
— Quoi ! ma fille, un cigare à ton mari? — Sans doute!
J'aime bien mieux cela, petite mère, écoute... —
   Et tout bas, presque en rougissant,
   Inclinant son front ravissant,
   Elle lui raconta la chose.
   — Jour de Dieu !... serait-ce la cause ?...
Eh ! la fille, achetez-en deux !
S'écria la fine commère,
Et pour terminer l'entretien :
   — Bah ! qui ne risque rien n'a rien...
J'en fais porter un pour ton père !

II

LA SERVANTE

Certain curé cherchait une servante,
Car il venait — le fait n'est pas nouveau —
De renvoyer sa vieille gouvernante
Qui trop souvent manquait le godiveau.
Pour occuper ce poste difficile,
Besoin étant de grandes qualités,
Notre pasteur avait, en homme habile,
Conté son cas aux dames de la ville,
Qui furetaient pour lui de tous côtés.
Dans son logis, servantes par douzaine
Se présentaient du matin jusqu'au soir,
Et de choisir il était fort en peine,
Ne pouvant pas toutes les recevoir.

Mais une vint, une forte gaillarde,
Fraîche à ravir, grasse comme poularde,
Jupe assez courte, et corset trop serré,
Un vrai gibier de prince... ou de curé...
C'était Alix, une rude commère
Qui, dès l'abord, entre toutes lui plut.
Pourtant, avant de conclure, il voulut
Se renseigner un peu sur sa carrière.
Quoi de plus simple ? Alix avait servi
Tout récemment chez une pénitente.
Notre curé s'y rend, sans autre attente,
Et dès l'abord son esprit est ravi.
Chaque détail qu'il apprend le transporte :
« — Alix, n'a pas, je pense, un seul défaut,
Lui dit la dame, elle est propre, elle est forte,
Douce surtout, pieuse autant qu'il faut,
Sa probité fut toujours sans reproche,
Je répondrais d'elle, mon cher curé.

Bref, vous pouvez la prendre chat en poche,
De bien dîner vous serez assuré. »
Notre pasteur écoutait bouche close
Tous ces propos, et paraissait content
De cet éloge ; il lui semblait pourtant
Qu'on désirait lui cacher quelque chose.
Ce n'était pas fait pour l'embarrasser,
Car on sait lire, alors qu'on est d'église,
Au fond des cœurs, à travers la chemise,
Habitué qu'on est à confesser.
— « En vérité, dit-il à la personne
Qui lui donnait ces bons renseignements,
Tous ces détails me semblent excellents,
Et cependant, malgré moi, je m'étonne...
— De quoi ? — De quoi ? Vous avez un cœur d'or,
Il fallut donc une raison bien forte,
Si cette fille est vraiment un trésor,
Pour vous forcer à la mettre à la porte !

— Oh! cela tient, mon père, à des motifs !...
Croyez-le bien, pour me séparer d'elle,
Il me fallut un grief des plus vifs,
Mais voyez-vous, mon père, la donzelle
A fait chez moi...—Quoi donc ?—Hum ! elle a fait,
Je ne sais trop comment dire la chose...
— Hé! dites-le comme elle est ! — Oh ! je n'ose,
Et la pudeur vraiment me le défend.
— Je vous absous !... elle a fait ? — Un enfant !
—Eh! quoi, c'est tout ? reprit l'autre en colère
Il faut vraiment avoir l'esprit bien fou
Pour trouver là rien d'extraordinaire !
Que vouliez-vous qu'elle fît ? Un matou ?...

III

LE CAPUCIN

Certain esprit vaut mieux que le génie,
Car le génie a ses jours de repos;
Il chôme alors, et souvent, dans la vie,
On est sauvé par l'esprit d'à propos.
Il me souvient à ce sujet d'un conte
Assez plaisant... peut-être un peu gaulois,
Mais nos aïeux l'écouteraient sans honte,
Serions-nous donc plus chastes qu'autrefois?
Je n'en crois rien... plus timorés, peut-être!
Nous saluons la débauche en manteau :
Etre n'est rien, il suffit de paraître,
Sous le velours le mal est il plus beau?
La courtisane étale dans la rue

Impunément le vice empanaché,
Et si l'on voit fillette court vêtue,
Chacun se signe en criant au péché !
Mais ce sont là des travers ridicules
Qui, j'en suis sûr, ne vont pas jusqu'à vous,
Mes chers lecteurs, narguons les vains scrupules,
Rions ensemble, en dépit des jaloux !
Au temps jadis vivait un mauvais drôle,
Chef de voleurs, qui sur le grand chemin,
Pour mille écus, comme pour un obole,
Vous détroussait un passant, haut la main.
Dans ses filets quand on tombait par chance,
On pouvait faire apprêter sa rançon,
Car il montrait son peu de patience
Après trois jours, par une pendaison ;
On dit encor — c'était son plus grand crime,
Que du beau sexe il prisait les appas
Et que souvent il prélevait la dîme
Sur des trésors... qui ne s'en vantaient pas.

Certaine nuit, où malgré son adresse
Le mécréant avait fait buisson creux,
Un capucin, monté sur une ânesse,
Comme il rentrait, se présente à ses yeux.
Il fait un signe — on saisit le pauvre homme
On le garotte et l'arrêt est rendu :
« — Si dans trois jours, tu n'as pas telle somme
Ton compte est bon, et tu seras pendu ! »
Le capucin faisait piteuse tête :
Il n'avait pas pour deux liards de crédit,
Vivant, hélas ! du produit de sa quête
Qu'au cabaret, il buvait chaque nuit !
Pour rendre enfin sa souffrance complète,
Notre bandit, par le plus noir des traits,
Jusqu'au paiement le mit à la diète,
Ne voulant pas en être pour ses frais.
Trois jours entiers, sans manger et sans boire,
Cela s'appelle un régime malsain !

C'est le seul cas rapporté dans l'histoire
Où l'on put voir jeûner un capucin.
Le temps passait, et malgré la famine
Pour un sursis, il soupirait tout bas
Car aisément chacun se l'imagine :
Quand l'heure vint, la rançon ne vint pas.
« — C'est le moment ! qu'on apprête la corde ! »
Dit le bandit ; mais le moine aux abois :
« — Ah ! par pitié, dit-il, que l'on m'accorde
Avant ma mort de dîner une fois ! »
A ce langage, une absurde pensée
Dans le cerveau du brigand se formait :
Il donne un ordre ; une table est dressée,
On y dépose un gras cochon de lait.

« — Moine, dit-il, dans la chair de ce drôle,
Découpe, taille, ainsi que tu voudras.
Mais souviens-toi toujours de ma parole,
Nous te ferons ce que tu lui feras ! »

Le capucin, à l'étrange menace,
Frémit d'abord, mais prenant son parti,
A son tyran bientôt il rendit grâce,
Car il était d'esprit très bien lôti.
« — Parbleu ! dit-il, Messieurs, je vais lui faire,
Si, par bonheur, je puis trouver le joint,
Ce qu'on faisait aux dindes, chez mon père,
Pour s'assurer qu'elles étaient à point. »
Disant ces mots, il prend en main la bête
Et met son doigt..... diable ! comment dire où ?
C'était, je crois, assez loin de la tête,
Quelqu'un a dit : ce n'était pas au cou !
Il tourne alors l'arme dans la blessure
Trois fois de suite, et poussant jusqu'au bout,
Goûte la chose, et par trois fois s'assure
Que le rôti serait fort à son goût.
Puis, se tournant ému vers l'assistance
Le cœur tremblant et la main sur le froc,

Le capucin — sans beaucoup d'assurance —
Des mécréants semble attendre le choc.

Il l'emporta. Même le plus sévère
Ne voulut point commencer : on eut peur !
Le chef rit tant, qu'il n'eut plus de colère
Et qu'il lâcha le capucin farceur.

IV

SAINT-JOSEPH

Le temps n'est plus des anciennes nonnettes,
Au vif caquet, aux appêtits mondains,
Qui trop souvent, de leurs blanches cornettes,
Fort poliment saluaient les moulins ;
Temps où Vert-Vert, de retour dans sa cage
Après avoir battu les environs,
Devant les sœurs, folles de son ramage,
Impunément lâchait de gros jurons.
Ce temps n'est plus. De nos jours, chaque nonne
A son salut travaille sans répit,
C'est une grave et farouche personne :
Le froc s'allonge, et la guimpe épaissit.

Si dans leur cœur, de sa torche enflanmée,
Le noir démon les tourmente tout bas
Leur innocence est du feu sans fumée,
Qui les consume, et qui ne paraît pas.

Ceci dit pour préambule,
Je vais vous édifier
Par l'histoire ridicule
Survenue en un moustier.
Mais je dois aussi vous dire
Que le conte en question
Est un conte à faire rire,
C'est sa seule ambition.
Quant à froisser la morale
On bien le culte établi,
Jamais ! — au bruyant scandale
Je préférerais l'oubli.
A cheval sur les principes,
Je sais déployer mon art,

Mais doit-on me prendre en grippes
Si j'en tombe par hasard ?
D'être sage je me pique,
Et si j'ose me lancer
Jusqu'à froisser ta tunique,
Vertu, c'est pour t'embrasser !

Dans le beau pays de Tourraine,
Était un couvent fort hanté,
Qui suivait la règle ancienne,
Avec grande fidélité.
Tout se faisait d'après coutume,
On consultait l'usage en tout,
C'était bon chemin, je présume,
Le paradis était au bout.
L'abbesse, de l'usage éprise,
Voulait — par rituel certain —
Régler le grand tour de l'église
Et le petit tour... du jardin.

Or un jour, certaine nonnette
Se trouva malade à mourir,
Elle ne pouvait pas, pauvrette,
Elle ne pouvait pas... guérir.
Il fallut que la médecine
Dit son mot — langage puissant —
A... l'oreille de la béguine,
Dont le péril était pressant.
Pour administrer cette affaire,
Dans un vieux coin était placé
Certain instrument séculaire,
Par un long usage émoussé.
La mode était assez simplette :
Point de ces outils d'amateur,
Un outil de bonne franquette,
Qui demande un opérateur.
Ici, la pudeur très farouche
De la nonne se révolta

Quoi : je souffrirai que l'on touche !...
Et longtemps elle résista.

Malgré les plus vives instances,
Rien ne pouvait la décider ;
Mais, après trois jours de souffrances,
Enfin il fallut bien céder.
D'ailleurs, on l'avait convertie,
En l'assurant qu'elle pourrait
Dissimuler... cette partie
Que par force elle découvrait.
Une compagne des plus sages,
Lui conseilla donc — pour son bien —
D'utiliser maintes images
Qu'elle avait dans son paroissien ;
Et l'instant venu, la pauvrette,
D'avance ayant froid dans le dos,
Attendant l'ennemi, s'apprête
Et met sa... cuirasse à huis clos.

Bientôt arriva l'infirmière,
Et, non sans grande émotion,
Le couvent se mit en prière,
Et la nonne en... position.
Malheureusement, la béguine
Qui de Purgon tenait l'emploi,
Avait l'œil troublé, j'imagine,
Par ces images de la foi ;
Elle n'avançait pas, en somme,
Et fort émue, errait en vain
De saint Ignace à saint Jérôme,
De saint Antoine à saint Romain.
A travers ses lunettes vertes
Ses yeux se troublaient, éblouis,
Tant, qu'après dix fausses alertes,
La malade, les sens aigris,
Courba de plus en plus son buste,
Et lui dit ces mots, d'un ton bref :
— « Eh ! ma sœur, pour arriver juste,
Soulevez un peu saint Joseph ! »

V

LA SONNETTE.

———

Si vous voulez une recette
Pour éviter le triste affront
De voir qu'une épouse coquette
Agrémente votre beau front,
Je le dis sans aucun mystère,
Lecteurs, il est un seul moyen :
C'est de rester célibataire :
Les autres trucs ne valent rien.
Pour vous en donner une preuve,
Je veux ici vous raconter
Une histoire qui n'est point neuve,
Mais que l'on peut toujours citer.

Certain bourgeois, qui de noblesse
Etait entiché — pauvre sot ! —
Prit pour épouse une jeunesse
De grand nom et de maigre dot.
Cette sottise n'est point rare :
Soif de grandeur chez les croquants,
Et, dans notre siècle bizarre,
Les exemples en sont fréquents ;
Mais elle doit être blâmée,
Car des aïeux — tranchons le mot —
Font très bien sur la cheminée,
Mais ne font pas bouillir le pot.
Pour revenir à notre conte,
Notre manant avait donc pris
Pour femme la fille d'un comte,
Dont il s'était un jour épris :
La demoiselle était mignonne,
L'air candide et plein d'onction.

De ces filles à qui l'on donne
Le bon Dieu sans confession :
On a tort ; car ies plus rusées
Sont les plus simples à l'abord,
Et sous les paupières baissées
L'amour se glisse sans effort.
Le bourgeois en eut-il l'étrenne ?
Cela prête à discussion ;
C'est son affaire, non la mienne,
Et là n'est pas la question ;
Vous savez qu'il n'est point de chose
Qui n'ait un côté déplaisant,
L'épine hérisse la rose
De son aiguillon malfaisant :
Oui, tout a son désavantage ;
Du bon le mauvais est voisin
Et l'épine du mariage
S'appelle le petit cousin.

Notre nouvelle mariée
En avait un — blond jouvenceau,
Dont la barbe n'était souillée
Ni du rasoir ni du pinceau...
Neuf en amour, dit la légende,
A sa cousine, sans façon,
Il osa faire la demande
De lui donner une leçon.
Elle voulait bien, mais le diable,
C'est que, sans y mettre de fiel,
L'époux se montrait fort aimable :
Il fêtait sa lune de miel.
Dans son affection jalouse,
Agissant en homme d'esprit,
Il ne lâchait pas son épouse,
Même le soir, surtout la nuit.
Longtemps la femme fut en peine,
Mais à la fin, elle trouva :

L'homme va, la femme le mène !...
Or, voici ce qu'il arriva :
Un jour, dans le lit du ménage,
Comme il sommeillait en son coin,
Elle, s'agitant avec rage,
Se plaignit de certain besoin.
— Mais, dit-elle, il est une chose
Qui me fait peur : il fait si noir,
Qu'au bas de l'escalier, je n'ose
Traverser seule ce couloir.
— Ah ! dit le mari, comment faire?
Si j'allais avec vous? — Non pas !
Ces promenades, d'ordinaire,
Ne se font pas à deux, hélas !
Certes, je ne suis pas bégueule,
Mais que dirait-on, si quelqu'un...
Vraiment non! Je veux être seule !...
— Alors quel moyen ? — J'en tiens un!

Agitez fort cette sonnette,
Tant que là-bas je resterai,
En entendant votre clochette,
Pour sûr, je me rassurerai !

Ainsi fut fait. L'époux crédule
Ne sut pas, — ils sont tous ainsi !
Quel personnage ridicule
Il remplissait en tout ceci.
Avec son amoureux novice
L'épouse, par ce truc heureux,
Put célébrer le sacrifice
Au bruit d'un carillon joyeux :
L'enfant tremblait — pauvre jeunesse !
— Eh ! dit-elle, point de souci :
Tant qu'il sonne dans l'autre pièce,
Pas de danger qu'il vienne ici !

Ne crains rien, je te le répète...
L'amoureux bientôt s'enhardit
Si bien qu'avec bruit de sonnette
Bruit de soupirs se confondit.
Remontant l'escalier sonore,
Sous l'effet charmant des amours
La femme soupirait encore...
Et le mari sonnait toujours !

J'allais, non sans bonheur, laisser tomber ma plume,
La voix de l'éditeur a troublé mon plaisir:
Il faut encore vingt vers pour finir le volume,
J'ai promis mille vers — il s'agit de tenir.

Mille vers ! mille oiseaux, cohorte passagère,
Qui vont jouer de l'aile, et qui ne traceront
Dans votre esprit qu'à peine une ride légère,
Quand à les perpétrer, j'ai vu blanchir mon front !

Mais bah ! quand au printemps on admire une bande
D'oisillons dans les airs s'élançant éperdus,
Les voyant si légers, est-ce qu'on leur demande
Ce qu'ils coûtent de peine à qui les a pondus ?

Gazouillez, chers petits, sifflez comme des merles,
Parmi les chuts blessants ou les bravos flotteurs,
Et de mes souvenirs laissez tomber les perles
Sans savoir devant qui... — Pardon, mes chers lecteurs ! —

Mais je ne puis songer, moi, qu'on trouve frivole
Sans devenir grincheux d'esprit, et sans frémir,
Au millième enfant qui loin de moi s'envole...
J'ai mon compte à présent, je puis aller dormir.